LA
GRANDE CHAUMIÈRE
ET
LES ÉTUDIANTS
POÈME

PAR

JULES MICHEL-FRANQUÉLY

Deuxième édition.

PRIX : 2 fr. 50

PARIS
CHEZ ÉBRARD, LIBRAIRE-ÉDITEUR
PASSAGE DES PANORAMAS, 61.

LA CHAUMIÈRE

ET

LES ÉTUDIANTS.

Impr. de MAULDE et RENOU, rue Bailleul, 9-11.

LA

GRANDE CHAUMIÈRE

ET

LES ÉTUDIANTS

POËME

PAR

JULES MICHEL-FRANQUÉLY.

PARIS

CHEZ ÉBRARD, LIBRAIRE-ÉDITEUR,

PASSAGE DES PANORAMAS, 64.

1844

Dédicace

À

M. Félix PYAT.

Monsieur,

Je suis tout fier encore d'un encouragement que vous avez bien voulu me donner. Il venait de si haut me chercher, moi si ignoré, qu'il m'a bien fallu le croire sincère : mes vers avaient donc ému un homme que je sais bon juge ; aussi, depuis ce temps-là, je l'avoue, j'ai un peu plus de confiance en moi.

Je ne me dissimule pas, toutefois, ce qu'il y a de bienveillant dans ces éloges, fondés sur des espérances, et si disproportionnés au peu que j'ai fait jusqu'ici. Mais vous avez pensé, sans doute, qu'étant en avance avec moi pour les encouragements, je me presserais davantage de les justifier.

Je ne sais pas, Monsieur, si j'y parviendrai jamais ; Mais soyez sûr du moins que cette marque de sympathie est de celles que je n'oublie pas, et c'est à ma reconnaissance impatiente que vous devez attribuer la dédicace de vers aussi peu dignes, par le sujet et la forme, d'être placés sous votre patronage ; mais il m'eût fallu trop attendre pour vous dédier une œuvre plus sérieuse, et votre noble captivité va commencer. Les jours de la prison sont si tristes que le moindre objet y distrait : ils sont si longs que ce serait un bonheur pour moi si la lecture de ces vers vous en faisait oublier une heure, pendant que vous songeriez à cette jeunesse des écoles qui vient récemment de vous donner tant de marques de sympathie.

Votre dévoué et reconnaissant serviteur,

Jules MICHEL-FRANQUÉLY. (1)

* MONSIEUR,

J'ai reçu et lu avec un très grand plaisir le petit volume
que vous m'avez fait l'honneur de m'adresser.

Vous voulez de moi des conseils, ce ne sont que des
félicitations que je vous dois.

Aux hommes qui pensent et s'expriment comme vous,
Monsieur, on ne peut donner des avis ; on pourrait plutôt
leur en demander.

Continuez donc, et faites toujours aussi bien que ces
premiers vers, aussi bien surtout que la pièce intitulée
Les Enfants, et vous ne pouvez manquer de réussir.

Mille remerciements et bonne chance .

Tout à vous,

FÉLIX PYAT.

* Voici ce que M. Félix Pyat écrivait à l'auteur, avec une si rare
modestie, à propos du Diogène.

LA CHAUMIÈRE

ET

LES ÉTUDIANTS.

Ce poëme naquit au bal de la Chaumière :
Ce soir-là je trouvai plus douce sa lumière,
Plus de fraîcheur tombait sur le sable couvert
D'un dôme aux thyrses blancs fait de feuillage vert.
C'était à ce moment où le rêve s'égare
Dans les molles vapeurs que répand le cigare.
L'orchestre s'animait aux quadrilles Musard ;
Dans les groupes épars regardant au hazard,
Aux bras de mes amis je voyais leurs danseuses,
Qui sur eux se penchaient belles et paresseuses,
Et, suivant cet essaim, j'entendais sur leurs pas,
De jolis petits noms que je ne cite pas,

Puis d'autres qu'ont appris les provinces lointaines (2) :

C'était Sophie Ponton, c'était Clara Fontaine,

Dont la main du sculpteur ennoblit le renom ;

Celles dont, en un mot, chacun connaît le nom.

Là c'est Angélina : là cette balocheuse

Louise, qu'on distingue ainsi de la loucheuse,

Tendre beauté qui voit ses amants de travers,

Mais d'un plus doux regard que ne diraient mes vers ;

Et cette Maria qui brille dans l'arène,

Où son pas de Polka la fait proclamer reine.

Certes, ces femmes-là sont des types à part,

Qu'on essaierait en vain de trouver autre part ;

Qui devraient aux cheveux, ainsi que la bacchante,

Porter le pampre vert et la feuille d'acanthe ;

Qui, toutes au plaisir, demandent au destin,

Après la nuit d'amour, le beefsteak du matin,

Et qui, dans ce bonheur où leur désir s'arrête,

N'ont jamais envié l'éclat de la Lorette.

Elles aiment pourtant la gaze et le satin,

Pour encadrer leur forme et rehausser leur teint ;

Mais négligeant toujours les robes somptueuses,

Leur choix est amoureux des plus voluptueuses ;

Elles ne portent pas ce désir d'éclipser

Toute femme qu'au bal leur regard voit passer.

Si leurs lèvres n'ont pas de ces baisers candides

Qui font rêver long-temps, du moins des mains sordides

N'attendent pas après une obole à saisir.

Leur but, en en donnant, est d'avoir du plaisir,

Et j'ai vu bien souvent déborder de leur bourse

Un punch aux flots brûlants dont elle était la source.

Hélas ! pourquoi faut-il qu'au déclin de l'été

Passent de mauvais jours sur leur folle gaîté,

Lorsque l'étudiant, qui prend la diligence,

Laisse dans leur quartier deux longs mois d'indigence !

Hé bien ! dans ce moment elles voient sans effroi

Sous un manteau de neige arriver l'hiver froid ;

A travers les vitraux, de leur bouche rieuse,

Elles peuplent de jeux la saison pluvieuse,

Attendant le retour qui doit venir enfin

Eloigner pour dix mois le spectre de la faim.

J'ai hâte de franchir ces jours que je déplore,

Novembre va venir qui les doit faire éclore

Bien plus belles qu'avant, fraîches fleurs que mes vers
Cueillent dans le Prado, Chaumière des hivers.
Nuits pleines de clartés ! voluptés de phalène !
Elles vont vous goûter sans jamais perdre haleine,
Lorsqu'aux longs vêtements qui gênaient leur ardeur
Succède un habit d'homme, hussard ou débardeur ;
Au bal de l'Opéra si je vous suis encore,
J'animerai ces vers avant que de les clore.

Mais revenons d'abord à ce séjour d'été,
Que pour suivre vos pas un moment j'ai quitté ;
Nous voilà dans l'enceinte où le père Lahire
Modère de sa main un trop fougueux délire ;
Il veut que le cancan, de tant de grâce orné,
Ne dégénère pas en bond désordonné ;
Que les gestes surtout mêlés à cette danse,
Suivent les mouvements d'une juste cadence,
Et donne tous ses soins à le voir conservé
Pur de tout autre pas qu'il croirait innové.
Le jeune bachelier, comme un poids qu'il allége,
Vient oublier ici ses dix ans de collége :
Le vieil étudiant, sur la fin de ses cours,

Les a, dans cet endroit, trouvés souvent trop courts ;
Il voit avec terreur le départ qui s'avance,
Comme un coup imprévu quoique marqué d'avance.
Vains regrets ! la province absorbe dans son sein
L'écolier fugitif devenu médecin :
Le nouvel avocat qui, verbeux Démosthènes,
A propos d'un chapon doit lui citer Athènes ;
L'avoué que l'on voit, dans ses goûts positifs,
Promener au salon des regards attentifs,
Qu'un amour platonique, en sa béatitude,
Doit bientôt endormir dans les bras..... d'une étude ;
Le nouveau substitut, moraliste récent,
Qui s'improvise à peine un maintien plus décent.
Tu peux danser ce soir ; l'heure n'est pas venue
Où la vie apparaît décolorée et nue :
Il sera temps bientôt de prendre un front glacé,
Où le *positivisme* aura déjà passé ;
Sois gracieux encor, car tes réquisitoires
N'éveillent que demain tes gestes oratoires.

Mais quittons ce sujet ; revenons au jardin
Où s'égarent parfois les pas du citadin,

Quand le **provincial**, que l'industrie amène,

Y conduit les beautés qu'à Paris il promène ;

Ou racontons plutôt l'histoire que l'on sait

Avoir pour héroïne eu madame de C***.

Je veux être pendu si je sais, sur mon âme,

Comment un tel désir vint à si grande dame :

Peut-être par l'ennui qui naît des jours si longs:

Tant de prudes venaient bâiller à ses salons !

Ou peut-être pour voir cette jeunesse folle

Dont quelques indiscrets m'ont dit qu'elle raffole.

Je n'ose l'affirmer, par curiosité

Ce désir un peu leste était-il excité ?

Et c'était une trève aux larmes d'un veuvage

Qui voilait de plis noirs l'aurore de son âge.

Bref, madame de C***, rue Ouest ou d'Enfer,

Descendit de voiture à la grille de fer,

En disant à ses gens que, jusqu'à l'onzième heure,

Ne voulant pas rentrer en sa noble demeure,

On eût à la venir prendre pour le retour.

Une fois cela dit, elle va sans détour

Le long du boulevart, et s'arrête à la porte

Du bal. — Si l'on me voit ! — Mais qui donc ? bah ! —

(N'importe !

Et laissant, au bureau des ombrelles-polka,

Ses grands airs, dont surtout elle fait peu de cas,

Elle entre hardiment ; déjà chacun l'invite,

Elle a des importuns qu'à grand'peine elle évite ;

Bien qu'elle eût, à danser, éprouvé des douceurs,

Elle avait refusé plus de trente danseurs.

Enfin il en vint un, fort libre de langage,

Fort beau garçon d'ailleurs, qui sur ce ton l'engage :

« Dansons-nous celle-ci ? » D'un petit air hautain

Elle toisa d'abord l'étudiant latin :

Mais ce coup d'œil servit à ravir le jeune homme :

Je ne dirai qu'Arthur des noms dont on le nomme :

Une mâle beauté, des yeux intelligents

Obtiennent d'elle enfin des regards indulgents

Pour cette folle vie aussi mal dépensée.

Il vient à notre veuve une bonne pensée :

La jeunesse se perd, dit-elle, c'est un tort

Qu'à ses mauvais penchants on la livre... un mentor

Lui manque, non de ceux dont elle s'effarouche.

Un sermon lui plairait, mais d'une belle bouche.

Voyons, si j'essayais de prêcher la vertu

A ce mauvais sujet. — Cher ange, danses-tu ?

— Je veux bien ; mais au moins, adoptez en dansant
Un parler convenable, un geste plus décent.

— Soit, mais embrasse-moi pour ma peine. — Oh ! mais
(non.
— Je le prends. — Mais, Monsieur ! — Dis-moi ton petit
(nom.
L'orchestre en ce moment troubla ce groupe étrange,
Où le bras du démon semblait enlacer l'ange.
Quand elle eut pris son rang dans le treillage vert,
Rectangle de l'espace où le bal s'est ouvert,
Et qu'elle eut bien compris l'œillade des polkeuses,
Dont la voix chuchottait des paroles moqueuses,
Elle mordit sa lèvre, et se dit : Mais aussi ,
De mes airs de salon que viens-je faire ici ?
Certes, si je veux bien, je puis danser comme elles:
Mes flatteurs m'ont tous dit que mes pieds ont des ailes ;
La grâce, chacun sait que je n'en manque pas,
Et je n'ai qu'à vouloir pour l'unir à mes pas.
Oh ! comment raconter sa marche cadencée ,
Et sa hanche arrondie, à peine balancée,
Frémissement léger qui nous rappelle Essler
Et dont serait jalouse une fille de l'air !

Mais que vois-je? grand Dieu! quelle triste disgrâce!
Un tel délire éclate autour de tant de grâce,
Qu'elle sent les deux mains de deux municipaux
L'inviter poliment à prendre du repos.

Arthur l'a dérobée à la foule ravie,
Qui sur l'heureux mortel jette un regard d'envie.
Lui, déjà transporté, tout le reste du soir
Reste près d'une table où tous deux vont s'asseoir :
Un berceau la couvrait qui versait le mystère :
Les sucs des fruits glacés entouraient le cratère
Où bouillonnait le punch, et rappelaient assez
Un mont aux flancs de neige où la lave a passé.
Mais Arthur, qui buvait chaque lave nouvelle,
Eut bientôt ce petit volcan dans la cervelle :
Il y puisa l'esprit; que fallait-il de plus,
Puisque déjà ses traits à la dame avaient plu,
Et qu'il avait d'ailleurs au cœur de la noblesse,
Assez pour qu'elle pût excuser sa faiblesse?
Ce malheureux Arthur n'avait qu'un seul défaut;
Ce soir-là même encore il but plus qu'il ne faut.
Mais il faut dire aussi qu'un beau regard enivre.

Qu'il était amoureux bien plus qu'il n'était ivre ;

Aussi quand il sortit, cherchant de tous côtés

L'endroit où stationnaient les chars numérotés,

Il ne remarqua pas, sur la noble voiture

Dans laquelle il monta, des armes en peinture,

Ni les deux chevaux gris mordant un frein doré.

Ce fiacre, dit-il, n'est pas mal rembourré ;

Prenez donc ce côté, la banquette en est bonne.

Hôtel du Périgord, cocher, place Sorbonne !

Il ne soupçonnait pas encor tout son succès,

Lorsque la dame dit : Non, Tom, hôtel de C***.

O ! Juan, dans un palais scintillant de richesse,

S'éveiller le matin au bras d'une duchesse,

Une femme divine et qui n'a pas vingt ans !

Puisse, mon cher lecteur, t'en arriver autant.

Maintenant que la fin de ce poëme approche,

Je comprends et je dois prévenir un reproche,

Que je m'adresse aussi, car moi-même je sens

Le vers me demander de plus mâles accents ;

Cette légèreté, dont je crains qu'on m'accuse,

En lisant jusqu'au bout, vous en verrez l'excuse.

D'abord je ne veux pas, combattant à demi,
Abrité sous un nom, citer Barthélemy,
Qui, s'échappant des bords que le midi parfume,
Vient rimer à l'étroit dans un air où l'on fume.
Non, je regrette trop les chants de son matin ;
Lorsque je les relis, mon narguillé s'éteint ;
Je suis indifférent à sa robe de soie ,
Au tuyau que la main, en se jouant, déploie ,
Et qui , parfois roulé sur le sein de Laïs,
Imite un serpent vert dans un bouquet de lis.
Quand je le lis le soir, dans une solitude,
Le matin me retrouve en la même attitude,
Ecoutant son silence et voulant aspirer
Des chants nouveaux de lui que je veux espérer.
Oui, quand dans l'avenir j'essaie ainsi de lire,
Il m'en revient des sons émanés de ta lyre,
Et tu nous reviendrais si de rouges tisons
Annonçaient une guerre aux lointains horizons ;
Ta voix ébranlerait nos provinces entières,
Qui viendraient, de leurs corps, rebâtir nos frontières ;
Nos cavaliers, jetant la bride sur le cou,
Fouleraient au galop les soldats de Moscou

Sous les hymnes de mort que maintenant tu gardes,
Mais que tu livrerais aux voix des avant-gardes.
Je ne sais pas encor quel est l'évènement
Qui te doit préparer ce grand avènement,
Mais l'avenir viendra confirmer mon attente ;
Tribun sur le forum ou soldat sous la tente,
Tu seras encor grand. Cependant si les camps
Et la tribune avaient épuisé leurs volcans,
Et puisse bien long-temps ce rêve, que je fonde
Sur la guerre, expirer dans une paix profonde,
Viens un soir voir Paris, à ta voix convié,
Applaudissant ton nom des rivaux envié ;
Comme il se presserait, ce peuple de la Seine,
Le jour où tu voudrais conquérir notre scène ;
Comme il se pencherait pour écouter l'acteur,
Quand le rideau, sur lui, se lève avec lenteur,
Et quatre heures durant tu tiendrais en haleine,
Les yeux mouillés de pleurs, même tes vieilles haines.
Oh ! quand vers toi venait un sylphe d'Orient
Qui penchait, pour te voir, son visage riant,
J'ai songé quelquefois, et pardonne ces rêves
A celui dont l'enfance a joué sur tes grèves,

Que cet esprit divin, dont tu portes le sceau,

Pouvait avoir aussi regardé mon berceau,

Et que du sable d'or qui sur ton front ruisselle

Il avait égaré sur moi quelque étincelle.

Si ce pressentiment ne m'avait pas trompé,

Si dans mon air natal, de bonne heure trempé,

Je m'étais imprégné des brises dont l'Attique

Parfume au vent de l'Est notre Phocée antique ;

Si ton livre surtout, que je revois froissé

Sur les mille feuillets où mon doigt a passé,

M'eût donné le secret divin des harmonies,

Qu'en tes songes avaient semé de bleus génies,

Que je déserterais ces frivoles loisirs

Pour tenter bien plus haut des gloires à saisir !

Je voudrais de ces chants, comme après ta veillée

En éclaire toujours l'aurore émerveillée ;

Je voudrais exprimer, au lieu d'un sujet vain,

Une grande pensée en langage divin,

Pour écrire à mon tour comme ton autre élève,

Pauvre enfant dont la mort interrompit le rêve :

« La voix qui me troubla lorsque je sommeillais

Applaudit ma satire à son premier feuillet. »

Ma lèvre, à ton grand nom, frémit comme pour l'ode
Il a coupé ce chant, ainsi qu'un épisode,
Car, dans tous mes sujets, aussitôt qu'il a lui,
Il me faut arrêter quelques instants sur lui.

Suivons l'étudiant dans la salle inondée
Où tous sont accourus au secours d'une idée ;
Les maîtres qui cherchaient pour eux la vérité
Ont proclamé que d'elle ils ont bien mérité,
Le jour qu'à cet·endroit le jésuitisme immonde
Voulut, sous les sifflets, la dérober au monde.
Ce n'est plus maintenant cette heure du repos
Qu'une verve sans fin sème de gais propos,
Lorsque, devant un punch leur voix, parfois obscène,
Vibre du Luxembourg jusqu'au bord de la Seine :
J'atteste Michelet, Lacretelle et Quinet,
Qu'ils sont là les premiers quand la vérité naît ;
Et que si l'erreur veut l'étouffer dans l'enfance,
Ils viennent les premiers embrasser sa défense.
Maîtres, vous savez, vous, s'ils regrettaient leurs jeux,
Quand vous les emportiez dans votre air orageux ;
Si leurs traits n'avaient pas quelque chose d'austère
Qui ne respire plus les plaisirs de la terre :

Et vous prîtes sans doute, en ces nobles appuis,

Un peu de cette ardeur qu'il vous fallut depuis.

Et toi qui leur prêchas une doctrine usée,

Puisse ton espérance être désabusée ;

Sache mieux les connaître, et prends d'eux des leçons

Qui donnent la pensée au vide de tes sons ;

Mais surtout, Lenormand, sache bien qu'il importe

De se servir pour eux d'une logique forte,

Et que sans elle enfin, on se voit exposé

A laisser en chemin un principe posé.

En ta chaire, d'ailleurs, pour être digne d'elle,

En ton prédécesseur étudie un modèle,

Le professeur Guizot, dont le cours éloquent,

Ainsi continué, serait toujours vaquant.

Crois-moi, renonce enfin au rôle de Neptune

Sur l'orage des fronts que ta voix importune

Avec ton *quos ego* ; le trident et la main

Ils les emporteraient s'ils gênaient leur chemin.

Oh ! non, n'attends pas d'eux que Loyola renaisse ;

Regarde ! mais ils sont débordants de jeunesse,

Et l'on ne peut tenter ce crime sans remords

De les faire vivants tomber en telle mort.

Car si le cœur se serre et de douleur se navre
De l'immobilité sur le front d'un cadavre,
Dans un être vivant cette mort de l'esprit
Produit plus de terreur au spectateur surpris.
C'est un mort qu'on entend à minuit, sur les dalles,
Dont la nef répercute un bruit sourd de sandales;
Vous le croiriez vivant, mais il s'est approché,
Et glace votre doigt dont vous l'avez touché ;
S'il marche il ne vit pas : l'aurore qui s'apprête
Lui reprendra bientôt ce souffle qu'on lui prête ;
Et l'airain matinal, qui le glace d'effroi,
Le replonge livide en un cercueil plus froid.

Mais, quoi ! des chants de deuil quand le plaisir m'attire !
Quand l'avenir est beau, je fais une satire !
Sur des mots imprudents à tort je m'alarmais,
Les temps qui ne sont plus ne reviendront jamais,
Quand la jeunesse est là. Le progrès qui s'avance,
Elle ne l'attend pas, mais son pas le devance.
Ne sont-ils pas nombreux ceux qu'on voit sur le banc,
Pensifs au bruit que font les erreurs en tombant,
Et qui doivent un jour, par une découverte,
Greffer sur le vieux tronc une branche plus verte ?

Voyez-les dans les arts ; vous faut-il des garants ?

Mais à peine Ponsard est sorti de leurs rangs,

Que déjà d'autres noms l'Odéon se décore :

Plusieurs sont après eux pour y monter encore :

Leur exemple m'entraîne, et si je vais m'asseoir

Au théâtre, mes nuits ont la fièvre du soir.

Car ce rouge manteau, pourpré du sang du drame,

Je ne puis l'effacer des regards de mon âme,

Qui, semblable au taureau que l'on a fait bondir,

Le voit pendant la nuit encore resplendir.

Alors, pour me calmer, il me faut l'Italie,

Un site poétique, un drame qui s'y lie ,

Un cachot de Ferrare où j'ai pris mes héros,

Deux beaux fronts qu'abattit la hache du bourreau ;

Ugo, Parisina, que je rêve si belle,

En face du vieillard levant son œil rebelle

Sous l'inflexible doigt tourné vers les deux fronts

Qui doivent en tombant expier deux affronts ,

Et j'écris attendri cette terrible histoire ,

Que je pourrai bientôt donner au répertoire.

Trop heureux si j'ai pu vous peindre dans ces vers,

Poétiques toujours en des moments divers :

Egayer ce feuillet par la page première

En passant comme vous du cours à la Chaumière.

On s'en étonnera, cependant c'est ainsi :

Ceux qui pensent le jour, le soir dansent ici.

Eh quoi ! vous exigez, pour preuve d'une idée,

Qu'elle laisse un sillon sur la tête ridée !

Mais jetez un trésor dans un gouffre profond,

L'eau peut devenir calme : il occupe le fond.

Ainsi de la pensée aux fond des têtes blondes,

Qui n'ont pas plus de plis que n'en gardent les ondes.

Les temps sont déjà loin où, tel que Dieu l'a fait,

Des systèmes étroits trouvaient l'homme imparfait :

L'esprit philosophique était comme une lame

Pour retrancher le corps, membre inutile à l'âme,

L'âme inutile au corps ; ignares médecins,

Ces hommes amputaient dans les organes sains.

Pourquoi dans l'être humain ce vieil antagonisme ?

L'esprit se plaît aussi dans le sensualisme ;

Et nous avons compris, par un juste retour,

Que l'homme doit penser et sentir tour à tour.

Des poétiques temps, divine Terpsychore !

Quand les dieux ne sont plus, nous t'adorons encore,

Et sans que le temps touche à ton éternité

Tu foules les débris de leur divinité.

Non, une vieille erreur n'a pas été ta mère,

Non, tu ne naquis pas dans le cerveau d'Homère,

Toi qu'au mont Cythéron, embaumé par le thym,

Le berger croyait voir aux lueurs du matin,

Quand les vierges venaient, ainsi que des lianes,

Entrelacer leurs bras aux fêtes de Diane.

Et comment verrais-tu s'éteindre ton encens ?

Ne l'allumes-tu pas au feu qui naît des sens ?

Ton culte n'est-il pas dans l'humaine nature

Comme la poésie, ou comme la peinture ?

Les cœurs ne vont-ils pas à toi, comme au soleil

Le parfum que ses feux brûlent à son réveil.

FIN.

NOTES.

(1) Notre grand poète national, qui joint à la manière si fine de La Fontaine la verve et la profondeur de Molière, qui de plus qu'eux a tant de sensibilité et toutes les richesses de la poésie moderne, Béranger a honoré l'auteur de ces vers de ses conseils, il lui a écrit des félicitations, il l'a soutenu par ses encouragements. C'est une autre dette qu'on ne peut acquitter, mais dont on conserve une éternelle reconnaissance.

(2) L'auteur de ces vers a fait rimer quelquefois le singulier avec le pluriel ; la raison en est qu'il ne croit pas que cela nuise à l'harmonie, et il considère la rime comme étant exclusivement pour l'oreille. Il y verrait des inconvénients, seulement si la prononciation des gascons était adoptée.

DIOGÈNE

D'HÉGÉSIPPE MOREAU

continué par

JULES MICHEL-FRANQUÉLY

PRIX : 50 CENTIMES

www.ingramcontent.com/pod-product-compliance
Ingram Content Group UK Ltd.
Pitfield, Milton Keynes, MK11 3LW, UK
UKHW020001130726
13694UKWH00005B/2009